Das Leben und seine Ueberraschungen

Man kann sich mit den Personen identifizieren, als wären es Bekannte!

Silvia Berrenrath

Impressum
Silvia Berrenrath
Silvias Books
53842 Troisdorf
silchen1009@gmail.com

Alle Rechte bei
© 2019 Silvia Berrenrath

Illustration
Silvia Berrenrath

Großdruck
Taschenbuch ISBN
9783982001654

Taschenbuch ISBN
9783982001678

eISBN: 9783982001661

Ich widme das Buch
Sandra S., Bettina B.,
Loulou, den Cover Ladies
Waldi, Jacky und Tina,
meinen beiden Omas,
Tante Renate W., meiner
Mutter und Schwiegermutter,
meinen 2 Schwestern und Tanja!

Vielen Dank an die Cover
Ladies, das ich das Bild
benutzen darf!

Über das Buch

Drei Frauen
verschiedenen Alters und
Lebensumständen, haben
alle mehr oder
weniger ihre Päckchen zu
tragen. Brigitte, Iris und
Nele sind drei Frauen wie
aus dem wirklichen
Leben. Es geht um
Freundschaft, Witz,
Tratsch und Herzschmerz.

Kapitel 1

So mein Schatz, noch 50 km, dann sind wir in der neuen Heimat. Was hältst Du von einem Päuschen?"

Nele steckt mit ihrem Kopf in der offenen Beifahrertür. *Den Po und 1 Bein weit ausgestreckt,*

Mit den High Heels, sieht es erst recht so aus, als ob sie jeden Moment umkippen würde, denkt sich Brigitte und muss bei dem Anblick direkt schmunzeln.

So was erlebt man auch nicht jeden Tag.

In dem Moment springt ein Labrador aus dem Auto. Wie soll es anders sein? Rudy springt Nele um, und sie landet mit ihrem Hintern mitten in einer Matsch Pfütze.

Sie brüllt: "Ruuuuuudy, man,...!"

Jetzt kann Brigitte nicht mehr und prustet los. Sie fängt lauthals an zu lachen. "Ist das schön, das ist besser als Zeitung lesen!"

Jetzt legt sie erst mal die Zeitung an Seite, lehnt sich zurück, und guckt sich das Spektakel weiter an.

In einem Affenzahn sprintet der Hund an Brigitte vorbei. Sie schaut noch dem Hund hinterher, da hört sie das Frauchen von Rudy wieder brüllen: "Ruuuuudy, man,..!"

Nele kommt auf Brigitte zugelaufen. "Haben sie meinen Hund gesehen?"

Brigitte muss wieder

loslachen und zeigt nur in Richtung Feld, worin der Hund verschwunden ist.

Dann ruft sie hinter Nele her: "Mit flachen Schuhen und Leine ist das bestimmt alles einfacher!"

Nele zeigt ihr nur den Mittelfinger und verschwindet ebenfalls im Feld.

"Eine ganz schöne Kratzbürste die junge Frau, was?" sagt der Kellner kopfschüttelnd. "Meine Liebe, du möchtest bestimmt zahlen? Das macht dann 12 €"

Brigitte holt das Geld heraus und gibt es dem Kellner: "Stimmt so, bis zum nächsten Mal."

Sie steigt ins Auto, und macht sich auf den Weg nach Hause. Sie dreht die Musik laut auf und schmunzelt: "Nicht das ich den sexy Nachbarn wieder verpasse!"

Als Brigitte auf den Parkplatz fährt, sieht sie Iris auf dem Balkon stehen. Sie ist heftig mit den Armen am herumfuchteln.

"Oh je, da wird wieder diskutiert." murmelt Brigitte vor sich hin.

"Hey Brigitte!" brüllt Iris, "kommste rüber? Sekt steht schon kalt"
Brigitte winkt rüber: "Ich brauche erst mal eine Dusche, dann bin ich gleich bei dir. Ich bin ja gut in der Zeit" zwinkert Brigitte Iris zu.

Iris lacht. "Da hast du recht alte Lady!"
Brigitte ignoriert das und

11

denkt sich nur, *warte ab du Miststück.*

Kapitel 2

Brigitte bleibt vor Iris Wohnungstür stehen und lauscht erst mal. Sehr schön alles ruhig, kein Krach. Dann schmeckt der Sekt auf dem Balkon direkt umso besser.

Sie schließt die Türe auf, und geht schnurstracks Richtung Balkon.

Iris ruft. "Ey, bring den Sekt mit, ich sitze gerade so bequem!"

Brigitte stänkert zurück: "So viel zum Thema alte Lady du Miststück!"

Sie lässt sich neben Iris auf die Sonnenliege fallen. "Die Flasche machst du aber auf!" befehlt Brigitte.

"Aaaah." Brigitte rückt die Sonnenbrille in Richtung Nasenspitze. "Das Highlight des Tages ist schon auf dem Weg!" sagt Brigitte verzückt.

Schon von weitem sieht man das enganliegende Muskelshirt, was Thomas anhat.

"Mhhh, ich liebe dieses Muskelshirt!" schwärmt Iris.

"Ich verstehe einfach nicht, wie so ein gutaussehender Mann, Single sein kann!" schwärmt Iris weiter.

Brigitte lacht: "Naja, oder er ist schwul! Aber er ist schön anzusehen. Da freut man sich jeden Abend drauf!"

"Ach Brigitte, du hast immer so ein Talent, die schönsten Tagträume schlecht zu reden" sagt Iris beleidigt.

Thomas ist inzwischen am Balkon angekommen. "Guten Abend meine Damen, ich hoffe ihr hattet

einen angenehmen Tag!"
Ohne auf eine Antwort zu
warten, geht Thomas weiter.

Wie jeden Abend, denkt sich
Iris.

Iris und Brigitte lehnen sich
gleichzeitig auf ihren Liegen
zurück und fangen an über
Gott und die Welt zu
tratschen.

Nele hält an der Kreuzung
und guckt in den
Rückspiegel.
"Jetzt schnarchst du vor
dich hin, du blöder Hund.
Aber ich liebe dich trotzdem,

Rudy. Noch ein paar Kilometer, und wir haben es geschafft."

Sie fährt in eine Hochhaussiedlung und denkt sich nur, *gut das ich Rudy habe. Naja, Hauptsache erst mal ein Dach über dem Kopf.*

Gedankenverloren sucht Nele einen Parkplatz und rammt einen Pfeiler.

"Schöne Scheiße, auch das noch. Was soll denn heute noch alles passieren?"

Nele möchte gerade aussteigen, da springt Rudy wieder wie selbstverständlich an ihr vorbei.

"Ruuuuudy, du verdammter Hund, man …. !"

Brigitte zuckt bei der Stimme zusammen, und guckt entsetzt in Richtung Parkplatz. "Das darf doch nicht wahr sein. Iris, das ist die Olle mit den High Heels und dem Hund, wovon ich dir eben erzählt habe!"

Nele rennt hinter Rudy her

und guckt zufällig Richtung Balkon, wo Brigitte und Iris dem Treiben amüsiert zugucken.

"Nee oder?" motzt Nele, "die alte Schachtel mit den klugen Tipps. Ich hatte gehofft, dass wir uns nicht mehr wiedersehen!"

Brigitte ruft hinter ihr her. "Das habe ich auch gehofft, blöde Kuh. Aber es heißt leider nicht umsonst, man sieht sich immer zweimal im Leben!"

"Na, das kann ja heiter

werden." lästert Iris. "Komm alte Lady, wir gehen rein. Das Essen ist gleich fertig. Draußen bekomme ich heute nichts mehr runter."

Brigitte nickt und geht hinter Iris her.

"Sag mal Iris, ist hier irgendwo eine Wohnung frei, wovon ich nichts weiß?" Iris zuckt mit den Schultern. "Nee, nicht das ich wüsste."

Die nächsten Tage war alles ruhig.

Brigitte und Iris haben

schon gar nicht mehr an
Ruuuudy gedacht.

Die Zwei Treffen sich wie
jeden Abend auf dem
Balkon.

Dann sehen sie Nele und
Rudy auf der Wiese sitzen.

Weil sie schon von weitem
Thomas und seinen Kumpel
Patrick sehen, schenken sie
Nele und Rudy keinerlei
Beachtung mehr.

Thomas und Patrick haben
es eilig.

Iris und Brigitte bilden sich kurz ein, dass die beiden auf sie zulaufen.

Thomas fällt Nele in die Arme und drückt sie Minutenlang.

Patrick legt seine Arme um beide und sagt: "Meine beiden Schnecken, endlich wieder vereint!"

Brigitte und Iris trauen ihren Augen und Ohren nicht. Iris nimmt einen großen Schluck Sekt und ist sprachlos.

Nach fünf Minuten schweigen sagt Brigitte: "Okay, jetzt muss ich mir erst mal Notizen machen." "Was musst du? Ich verstehe nur Bahnhof?!" fragt Iris irritiert.

Brigitte holt Zettel und Stift. "Pass auf meine Liebe: Dieses Rudy Frauchen kommt hier her. Sie hat nichts außer ein paar Kartons, Klamotten und den Rudy dabei.
Patrick freut sich, dass die beiden Schnecken wieder vereint sind. Also kann das ja nur heißen, dass Thomas

und Rudys Frauchen ein Pärchen sind, und sie bei ihm eingezogen ist. Dann wird wohl nur Patrick schwul sein, wenn er die beiden als seine Schnecken bezeichnet.
Wir müssen uns wohl ein anderes Highlight suchen."

Verwirrt gucken sich die beiden die Notizen an.

Iris sagt: "Jetzt werde ich mich erst recht auf den Balkon setzen und Thomas angaffen. Was hat sie, was ich nicht habe?"

Beleidigt mustert sich Iris im
Spiegel, und entdeckt
wieder ein Fettpölsterchen.

"Das muss dringend wieder
verschwinden." motzt Iris
vor sich hin.

Die nächsten Tage lässt Iris
Nele nicht aus den Augen.

Sie hofft, das sie irgendein
Fehltritt mitbekommt, um
diesen dann Thomas
mitzuteilen.

Aber nichts.

Nele ist nicht mehr so sehr

gestresst. Sogar Rudy hört auf einmal, als wäre er ein anderer Hund.

Iris sitzt enttäuscht auf dem Sofa und isst ein Stück Schokolade nach dem anderen.

Brigitte setzt sich dazu und sagt: "Da wunderst du dich über ein Fettpölsterchen? Sei froh, das es bei so viel Schokolade nur eins ist."

"Blöde Kuh!" murmelt Iris. *Dabei hat die alte Lady ja leider recht. Aber mein gebrochenes Herz braucht*

26

jetzt nun mal Schokolade.
Auch wenn ich genau weiß,
dass ich das morgen früh
auf der Waage wieder
bereuen werde.
Na ja, shit Happens.

Iris schiebt sich
demonstrativ noch die
letzten Stücke Schokolade
in den Mund.

"Und geht es dir jetzt
besser, Iris?" fragt Brigitte
besorgt.

"Ach, es muss ja. Das
Frauchen scheint perfekt zu
sein. Mir ist kein Fehler

aufgefallen." sagt Iris missmutig, und mit weinerlicher Stimme.

"Komm in meinem Arm, Süße." Brigitte nimmt Iris in den Arm.

Langsam beruhigt sich Iris wieder.

Nach einer Woche geht es mit Iris wieder aufwärts.

Sie hat sich damit abgefunden, obwohl ihr der schwule Thomas lieber gewesen wäre.

Das Leben und seine Ueberraschungen
Silvia Berrenrath

"Das Leben ist kein
Ponyhof. Finde dich damit
ab." sagt Iris zu sich selbst.

Kapitel 3

Brigitte und Iris kommen gut gelaunt vom Schwimmbad zurück.

Auf einmal steht Nele vor ihnen und stoppt die 2.

"Hey." druckst Nele herum. "Ich soll euch fragen, ob ihr heute Abend zum Grillen kommt. Patrick kommt auch. Thomas meinte, ich soll euch fragen?" erzählt Nele in einem abfälligen und gelangweilten Ton weiter.

Iris möchte gerade dankend ablehnen, da bekommt sie einen Seitenhieb von Brigitte.

"Wir kommen gerne, zumindest wegen Thomas und Patrick. Ach ja, und wegen Rudy, der kann ja nichts für sein Frauchen. Nicht wahr Rudys Frauchen?"

Brigitte schaut Nele fragend an.

Den Namen wissen Iris und sie bis heute nicht.

"Ja ja, ich bin Nele." sagt sie

motzend, während sie sich umdreht und geht.

Mein Gott ist die patzig. Wie hält Thomas das nur mit ihr aus? fragt sich Iris.

In dem Moment fällt ihr auf, dass sie laut gedacht hat.

Brigitte grinst sie nur frech an. "Ich freue mich auf heute Abend. Die beiden Zicken an einem Tisch, und der Rudy mittendrin. Vielleicht sollte ich meine Cam zum Filmen einpacken!" sagt Brigitte amüsiert.

Am Abend holt Brigitte Iris
pünktlich ab.

Iris druckst herum.
"Bitte alte Lady, lass mich
zu Hause. Sonst kannst du
heute noch ein
Beerdigungsinstitut
anrufen."

Brigitte hat keine Lust zu
diskutieren und schiebt Iris
einfach weiter Richtung
Thomas Wohnung.

"Reiß dich zusammen, du
benimmst dich schlimmer
als deine pubertierende

Tochter!"

Motzend geht Iris weiter und
stellt sich mit verschränkten
Armen vor die
Wohnungstür.

Thomas macht die Tür auf.
"Guten Abend die Damen,
kommt herein."

Und schon ist er wieder
verschwunden, weil die
Eieruhr in der Küche piept.

Brigitte und Iris lachen und
sagen. "Alles wie immer, nur
sonst vor unserem Balkon."

Patrick ruft die beiden vom Balkon aus, dass sie durchkommen sollen. "Schiebt den Rudy einfach an Seite. Er ist groß, aber lieb. Er denkt, dass er so klein ist ,wie ein Dackel."

Patrick lacht.

Iris und Brigitte machen zwei große Schritte über Rudy hinweg und haben es auf den Balkon geschafft.

Thomas kommt mit den Salaten hinterher. "Dann können wir eigentlich schon Essen, wenn ihr auch schon

Hunger habt?"

Brigitte freut sich. "Oh ja, ich habe heute extra nur gefrühstückt. Ich setze mich einfach mal."

"Wo steckt denn Nele schon wieder? Das soll doch ihr Einstand sein?" fragen sich Thomas und Patrick.

In dem Moment hört man Türen knallen.

"Ahja, da kommt sie." sagt Thomas. "Nele, komm her und setz dich, die beiden Damen beißen nicht!"

Nele verdreht die Augen,
und setzt sich an das
andere Ende vom Tisch.

Iris mustert Thomas und
Nele und denkt sich,
komisch, wie ein Pärchen
kommen die beiden mir
aber nicht vor. Da albern
Thomas und Patrick eher
wie ein Pärchen herum.

Als alle mit dem Essen fertig
sind, verdrückt sich Nele
ziemlich schnell in ihr
Zimmer.

Brigitte und Iris gucken sich
schweigend an.

"Es tut mir leid, aber ich muss das jetzt fragen. Wie ist denn jetzt die Situation zwischen euch Dreien? Irgendwie ist das alles etwas merkwürdig?" fragt Brigitte.

Patrick muss erst mal lachen, und Thomas antwortet: "Mit der Frage haben wir schon gerechnet. Also:
Nele ist meine Schwester. Patrick ist mein Exfreund. Und nein, ich bin nicht schwul. Ich stehe auf Frauen und Männer. Ich bin

Single, aber glücklich, und habe derzeit keine Lust auf eine Beziehung. Sind damit alle Fragen geklärt?"

Brigitte und Iris nicken.

"Sehr schön, dann kommen wir jetzt zum gemütlichen Teil. Lust auf Wein?" fragt Patrick.

Alle stimmen zu und verbringen noch einen gemütlichen, lauen Sommerabend auf dem Balkon.

Am nächsten Nachmittag

reden Brigitte und Iris über den gestrigen Abend. "Also, es war ja ein schöner Abend. Aber, was ich von Nele halten soll, weiß ich immer noch nicht." sagt Brigitte. "Aber sie wird schon einen Grund haben, dass sie so ist."

Iris stimmt Brigitte zu: "Ja, einen Grund wird sie haben!"

Kapitel 4

Die nächsten Wochen
vergehen wie im Flug.

Brigitte hat Iris und die
Kinder zum Flughafen
gefahren.

Jetzt sitzt Brigitte in ihrer
Wohnung. *Es ist so
ungewohnt ruhig,* denkt sie
sich. *Wenn die Drei im Haus
sind, kann es Brigitte nicht
ruhig genug sein.*

Bei dem Gedanken muss
sie lachen.

Naja, sie hätte auch mitfliegen können.
Aber 3 Wochen mit Iris und den Kindern? Nein, das würde nicht gut gehen.

Auf einmal klingelt es an der Tür.

Brigitte guckt durch den Spion. Sie schaut weg und guckt noch einmal durch. Tatsache, da steht Nele vor der Tür.

Brigitte überlegt kurz, ob sie in letzter Zeit Nele ein Spruch gedrückt hat? Nein, da war nichts.

Brigitte macht die Tür auf.

"Na so was, wie komme ich denn zu der Ehre, Rudys Frauchen?"

Nele wirkt diesmal sehr schüchtern, als sei es ihr unangenehm: "Darf ich bitte reinkommen? Ich muss dir etwas sagen."

Brigitte geht einen Schritt zur Seite, und lässt Nele herein.

Als sie beide einige Zeit schweigend auf dem Balkon sitzen, fängt Nele an zu erzählen: "Zuerst möchte ich mich für meine pampige Art entschuldigen. Die letzten Monate waren leider sehr hart für die Menschen um mich herum, und für mich selbst. Ich bin vor meinem noch Ehemann geflüchtet. Er hat mich nur noch verbal und körperlich fertig gemacht. Deswegen hatte ich auch nicht viele Sachen dabei.
Ich wollte nur noch aus der Hölle raus.

Ich musste die letzten
Monate erst mal zur Ruhe
kommen, und begreifen,
dass mit anderen
Menschen ein normaler
Umgangston herrscht. Das
habe ich gar nicht mehr
gemerkt, wie ich die letzten
Jahre am Reden war.
Das soll keine
Entschuldigung für meine
pampige Art sein.
Ich möchte nur, dass du
Bescheid weißt. Vielleicht
kannst du auch Iris die
Situation erklären. Ich hoffe,
ihr könnt mir das
irgendwann verzeihen.
Ich gehe jetzt wieder. Dann

kannst du erst mal alles
sacken lassen.
Ich hoffe bis bald!"

Bevor Brigitte etwas sagen
kann, ist Nele schon durch
die Wohnungstür
verschwunden.

*Na, das schnelle
verschwinden muss in der
Familie liegen*, grübelt
Brigitte. *Armes Mädchen, so
jung, und schon so
schlechte Erfahrungen
gemacht.*

Die nächsten Wochen
vergehen so schnell, das
Brigitte die Zeit vergessen
hat.

Brigitte und Nele nähern
sich allmählich an. Sie
reden viel über die
Vergangenheit.

"Wer hätte das gedacht, das
wir beide einmal tratschend
zusammensitzen werden?"
sagt Brigitte zwinkernd.

Nele fragt unsicher:
"Ich möchte mich nicht
zwischen Iris und dich
drängen. Wenn sie mir nicht

verzeihen kann, ist das für mich verständlich."

Brigitte schüttelt den Kopf: "Mach dir keine Gedanken. Iris ist ein verständnisvoller Mensch. Sie ist nur oft wegen ihrer pubertierenden Kinder gestresst. Alleinerziehend ist nicht einfach."

Als Brigitte die Urlauber vom Flughafen abgeholt hat, bringt sie Iris auf den neuesten Stand.

Iris ist sehr geschockt. "Die Arme, und ich dachte, sie wäre einfach nur eine blöde Zicke."

Am nächsten Tag reden die drei stundenlang.

Am Nachmittag sitzen sie nicht mehr zu zweit auf dem Balkon.

Nein.

Nele ist in den Kreis mit aufgenommen worden, um schöne Menschen zu beobachten.

Nele muss lachen: "Na, mal schauen, ob irgendwann für mich auch ein Highlight vorbeigelaufen kommt. Mein Bruder gehört euch!"

Iris hebt ihr Sektglas.
"Auf das Leben und seine Überraschungen. Und dass jeder von uns sein Highlight am Tag anschauen kann!"

Die drei stoßen an, und lehnen sich entspannt in den Liegestühlen zurück.

Über die Autorin

Silvia Berrenrath wurde 1983 in Bonn Bad Godesberg geboren.
Dort ist sie mit ihren 2 Schwestern aufgewachsen. Nachdem sie auf einer Realschule die Fachoberschulreife absolviert hatte, begann sie mit einer Ausbildung als Rechtsanwaltsfachangestellte die sie 2004 erfolgreich abschloß.

Folgende Bücher hat sie
bisher als Silvia Berrenrath
veröffentlicht:

Spiky das kleine
Fussballwunder
ISBN 9783982001609

Unter dem Pseudonym Lady
from Bonn

Tipps für Escorts Callgirls inkl.
ProstSchG. 2017
ISBN 9783982001647

Alle Bücher sind auch als
ebook erhältlich!